_____ 님께 이 책을 선물합니다.

_____ 드림

당신의
사막에도
별이 뜨기를

당신의
사막에도
별이 뜨기를

초판 1쇄 인쇄 2016년 1월 15일
초판 6쇄 발행 2023년 9월 15일

지은이   고도원
펴낸이   한익수
펴낸곳   도서출판 큰나무
등록   1993년 11월 30일(제5-396호)
주소   (10424)경기도 고양시 일산동구 호수로 430번길 13-4
전화   031 903 1845
팩스   031 903 1854
이메일   btreepub@naver.com
블로그   blog.naver.com/btreepub

값   16,800원
ISBN   978-89-7891-302-7 (03800)

당신의
사막에도
별이 뜨기를

고도원

큰나무

|당신의 마음에 새로운 별이 뜨기를|

고도원의 아침편지는...

'고도원의 아침편지'는 2001년 8월 1일 시작되었습니다.
제가 읽고 밑줄을 그었던 좋은 글귀에 저의 짧은 단상을 덧붙여
하루를 시작할 때 읽을 수 있도록 '아침에 보내는 편지'입니다.

매일 아침 이메일과 스마트폰으로 전달되는
아침편지는 현재 전 세계에 있는 350만 명의 아침편지 가족들에게
'마음의 비타민'이 되고 있습니다. 그래서 아침을 여는 많은 분들에게
행복하고 건강하게 시작할 수 있는 작은 씨앗이 되어주고 있습니다.
치유와 회복의 공간이 되어가고 있습니다.

"좋은 글귀 하나가 하루를 행복하게 합니다.
때로는 한 사람의 운명을 바꿀 수도 있습니다."

고도원의 밤에 쓰는 아침편지는...

행복하게 시작한 하루를 의미 있게 마감하고
늦은 밤 하루를 아름답게 정리하는 마음으로 독자들이
스스로 직접 쓰는 필사용 아침편지입니다. 필사, 곧 베껴 쓰기는

그 자체만으로 명상과 치유의 소중한 시간이 될 수 있습니다.

쓰는 과정에서 많은 영감과 에너지를 얻어 더 좋은

내일을 준비할 수 있습니다.

이 밤에 쓰는 아침편지를 통해서

당신이 보낸 하루, 온전히 살아낸 오늘을 기억하고

그 주인공인 당신의 마음에 새로운 별이 뜨기를 바랍니다.

그런 뜻을 담아 '밤에 쓰는 아침편지'를 엮어 보았습니다.

이 짧은 글귀들을 한 글자 한 글자 꾹꾹 눌러쓰며

어떤 날에는 당신에게 다시없는 위안의 시간이 되기를,

어떤 날에는 당신에게 따뜻한 사랑을 주는 글이 되기를,

어떤 날에는 당신에게 가장 강력한 응원의 글이 되기를,

그리고 조금씩 메말라가는 당신의 사막에 치유의 별이

뜨는 시간이 되기를 바랍니다.

좋은 글귀 하나가

당신의 하루를 행복하게 마무리하게 하고,

당신의 내일과 운명을 더욱 빛나게 해줄 것입니다.

2015 겨울, 첫눈이 내리는 '깊은산속옹달샘'에서

고도원

목차

#1 우리는 모두 사랑으로 삽니다

#2 나는 외로운 당신이 좋습니다

#3 당신의 오늘과 나의 오늘이 얽혀 있대면

#4 당신의 사막에도 별이 떠오르기를

#5 차창 밖을 바라보는 당신이기를

일러두기

- 각 글귀의 제목은 원제입니다(책의 경우 책 제목, 시의 경우 시 제목입니다).

- '아침편지' 원문을 찾아보세요. '고도원의 아침편지' 홈페이지와 스마트폰 어플 등을 통해 언제든 원문을 즐기실 수 있습니다. 각 글귀의 하단에 '아침편지' 원문의 날짜를 표시하고 원제를 적어 두었습니다.

아침편지 앱 다운로드

- 이 책에 실린 글귀는 출판권을 가진 출판사를 통해 저작권자 허락하에 수록되었습니다.

#1 우리는 모두 사랑으로 삽니다

당신은 왜 하필이면
그 사람을 사랑하게 됐죠?

사랑에 빠진 사람은 그 누구도 왜 그 사람을
사랑하는지 설명하지 못해요
내가 사랑하는 사람이
내겐 최고입니다

가만히, 조용히 사랑한다

|마리우스 세라|

나는 아무것도

기억하지 못하기에

아무것도 잊지 않습니다.

내가 들은 기억이 없는

멜로디와 목소리를

결코 잊을 수 없습니다.

내가 받은 기억이 없는 애정을

결코 잊을 수 없습니다.

내가 쓰다듬은 동물들의 감촉도

내가 했던 수많은 놀이도 기억하지 못하기에

결코 잊을 수 없습니다.

2015년 10월 13일 아침편지 '기억 저편의 감촉'의 글귀입니다.

뜨겁게 사랑하거나 쿨하게 떠나거나

|미라 커센바움|

우리는 이제 막
답을 찾기 시작했을 뿐이에요.
"둘이서 함께 기분 좋은 일을 하고 있고,
또 함께해서 서로를 가깝게 느낄 수 있는
그런 일이 있기만 하다면, 어떻게 가까워지느냐는
문제될 게 없지요. 그렇게 함께 즐기는 일이 있다면,
그것은 당신들 관계가 살아 숨쉬고 있고,
사랑의 토대가 남아 있다는 얘기지요."

2015년 10월 26일 아침편지 '둘이서 함께'의 글귀입니다.

아나스타시아

블라지미르 메그레

"당신은 왜 하필이면
그 사람을 사랑하게 됐죠?" 라는 질문에
아나스타시아는 그냥 단순히 대답했어요.
"그런 질문을 내게 해봐야 아무런 소용이 없어요.
사랑에 빠진 사람은 그 누구도 왜 그 사람을
사랑하는지 설명하지 못해요.
내가 사랑하는 사람이
내겐 최고입니다."

2015년 11월 9일 아침편지 '왜 그 사람을 사랑하게 됐죠?' 의 글귀입니다.

마법의 순간

파울로 코엘료

세상에서 가장
강력한 환각제는 사랑입니다.
있지도 않은 것들을 보거나 듣게 만드는
재주를 부리니까요. 삶에 후회를 남기지 말고,
사랑하는 데 이유를 달지 마세요.

2014년 3월 4일 아침편지 '사랑에 이유를 달지 말라' 의 글귀입니다.

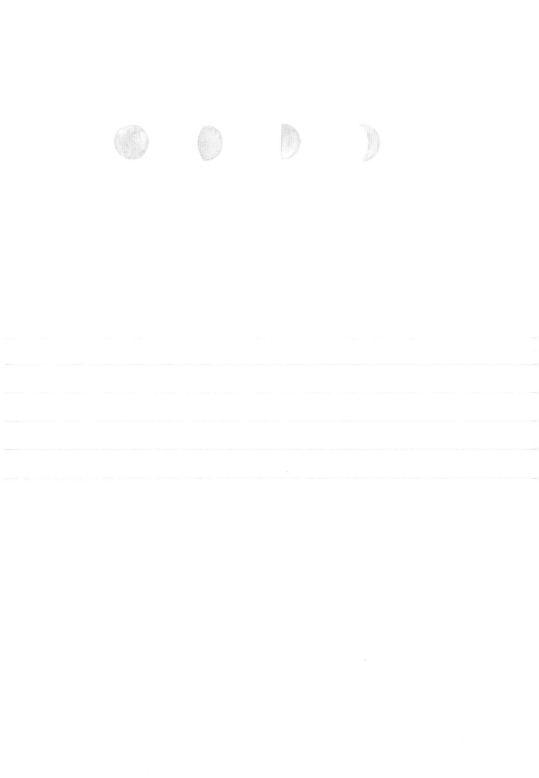

사랑은 한 줄의 고백으로 온다

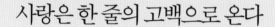

│권소연│

오래 전, 첫사랑에게서
처음으로 들었던 사랑 고백에
가슴 떨렸던 순간이 떠오른다. 그 사람이
다쳤다는 소식에 놀라, 앞으로는 손가락 하나도
다치지 말라며 울먹이던 내게 다가왔던
한 마디, '사랑한다.'
그 고백의 순간은 분명 내삶을 풍요롭게 해주었다.
그날의 설렘은 온몸의 세포를 떨리게 했고,
사랑의 기억들은 삶과 어우러져
나를 성숙시켰다.

2010년 3월 15일 아침편지 '사랑한다' 의 글귀입니다.

치유

| 김재진 |

나의 치유는 너다.
달이 구름을 빠져나가듯
나는 네게 아무것도 아니지만
너는 내게 그 모든 것이다.
모든 치유는 온전히
있는 그대로를 받아들이는 것
아무것도 아니기에 나는 그 모두였고
내가 꿈꾸지 못한 너는 나의
하나뿐인 치유다.

2015년 5월 22일 아침편지 '나의 치유는 너다' 의 글귀입니다.

그리움은 모두 북유럽에서 왔다

|양정훈|

아무리
사람을 믿지 못해도
그의 가슴에 나무를 심을 수 없다고는
말하지 마라. 사랑이 다 지고 아무것도
남을 게 없다고 슬프지도 마라. 당신이
사막이 되지 않고 사는 것은
누군가 당신의 가슴에
심은 나무 때문이다.

2015년 2월 25일 아침편지 '당신의 가슴에 심은 나무' 의 글귀입니다.

사랑이 온다

| 이영철 |

마음속에 사랑이 있으면
세상은 아름답고 고요하고 경이롭습니다.
나를 괴롭히던 마음속의 수많은 상념들은
누군가 스위치를 탁 하고 꺼버린 듯 사라지고
고요함과 평화가 그 자리를 차지합니다.
온 지구에 나와 내가 사랑하는
대상만이 오직 존재하는 듯
느껴집니다.

2014년 8월 27일 아침편지 '내 안의 사랑이 먼저다' 의 글귀입니다.

차를 끓입니다

|배귀선|

그대 생각날 때면

허브 향 가득 차를 끓입니다

미완의 사랑

내생의 인연 고리되어

나 한잔 그대 한잔

오지 않는 그대 앞에 마주하는 찻잔

목울대까지 차오른 찻물

오늘은 그대 생각을

너무 많이 했나 봅니다

2014년 12월 2일 아침편지 '그대 생각날 때면'의 글귀입니다.

아침 저녁으로 읽기 위하여

베르톨트 브레히트

내가 사랑하는 사람이

나에게 말했다.

"당신이 필요해요."

그래서

나는 정신을 차리고 길을 걷는다.

빗방울까지도 두려워하면서.

그것에 맞아 죽는 일이 있어서는 안 되겠기에.

2013년 4월 3일 아침편지 '당신이 필요해요'의 글귀입니다.

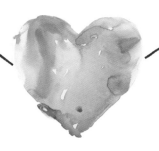

가슴에 핀 꽃

| 홍광일 |

어느곳에는 꽃이 핀다지요
땅을 딛고 피는 꽃이 아니라
마음속에 핀 꽃이어라

어느곳에는 별 하나 뜬다지요.
밤하늘에 뜨는 별이 아니라
그때 그리는 내 마음이어라

2014년 3월 1일 아침편지 '가슴에 핀 꽃' 의 글귀입니다.

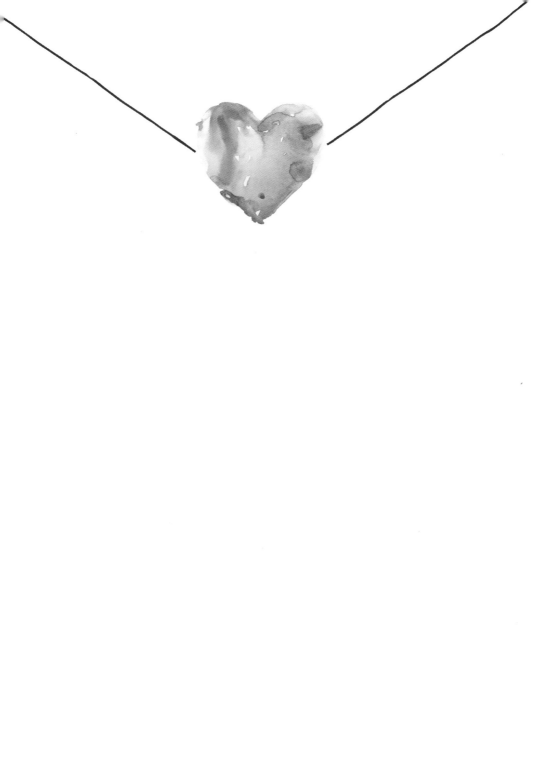

분홍주의보

| 엠마 마젠타 |

사랑은 아마도

한 사람의 세상으로 들어가서

아주 오랫동안 여행을 하는 일일 거야.

그 여행은 밤마다 초록색 베개를 안고

숲까지 걸어갔다가 돌아오는, 두렵지만

깨고 나면 두 눈이 따뜻해지는

꿈 같은 거겠지…

2011년 9월 1일 아침편지 '사랑 여행'의 글귀입니다.

사무치다

|서경애|

하늘 끝, 닿은 사무침이다

함께 길 떠난
길벗이었는데
생의 어느 길목에서
엇갈려 헤어졌다

모든 것을 제쳐놓고
오로지 길벗을 찾았어야 했는데
길 잃고 저잣거리를 떠돌았다

한 생을 바람처럼 떠돌며
돌고 돌아선 길

이제 되돌아갈 길이 아득하다

2015년 12월 11일 아침편지 '사무침'의 글귀입니다.

안부

배귀선

잘 지내고 있나요
당신의 하루는 어떤가요
여전히 햇살은 빛나고
수채화 빛 눈부신 아침
나의 오늘은 당신으로 인해 숨을 쉽니다

편안한가요
당신의 시간은 어떤가요
계절 색 더해지는
짙은 커피향의 오후
나의 상념은 당신으로 인해 깊어갑니다

무릎담요 꺼내 놓은 날
당신의 어느 하루가 궁금합니다

아프지 말아요

2015년 11월 30일 아침편지 '아프지 말아요' 의 글귀입니다.

사랑이 가까워지면
이별이 가까워진다

| 이록 |

제 눈물을 떨어뜨려
제 뿌리를 대체하는 사랑
제 가슴속에 무덤을 파는 사랑.

삐뚤삐뚤
잘못된 것처럼 보이는
젊은 날의 서툰 사랑이 있어,
사랑이란 단어가
더 뚜렷하게 빛나는 것입니다.

_____

2013년 6월 29일 아침편지 '삐뚤삐뚤 날아도…'의 글귀입니다.

행복을 철학하다

| 프레데릭 르누아르 |

사랑은 공유되어야만
우리 스스로가 활짝 피어날 수 있다.
사랑하지 않는 누군가를 사랑하게 되면
우리는 불행해질 수밖에 없다. 나는 정체성과
상호성에 세 번째 차원, 아리스토텔레스는
암묵적으로 인정하는 것으로 그친,
한 가지를 보태고자 한다.
바로 이타성이다.

2015년 1월 22일 아침편지 '사랑의 꽃이 활짝 피어나려면'의 글귀입니다.

네가 지금 외로운 것은
누군가를 사랑하기 때문이다

DNDD

창밖에는 눈이 오고 있었다.
현관에는 얼음이 얼어 있었다.
집 안에 서려오는 한기가
식어버린 내 마음을 아프게 했다.
당신에게는 달콤했을 눈송이가
내 마음을 시리도록 아프게 했다.
그리고 생각했다.
내 가슴은 저리도 작은 눈송이 하나
녹여줄 수 없는 걸까?

2013년 1월 25일 아침편지 '창밖의 눈' 의 글귀입니다.

떠난 뒤에 오는 것들

| 이하람 |

사랑을 하면

여자의 마음은 꽃이 된다.

사랑을 하는 여자만이 자신의 아름다움을

정면으로 마주한다. 떨리는 고백과 수줍은 입맞춤이

꽃이 된 여자의 마음이 활짝 피어오른다.

사랑을 할 때 여자는 가장 진한 향기를 낸다.

나는 사랑받고 있다고, 지금 사랑하고 있다고,

2014년 9월 6일 아침편지 '나는 사랑받고 있다' 의 글귀입니다.

새벽에 용서를

김재진

그대에게 보낸 말들이
그대를 다치게 했음을.
그대에게 보낸 침묵이
서로를 문닫게 했음을.
내 안에 숨죽인 그 힘든 세월이
한 번도 그대를 어루만지지 못했음을.

2012년 10월 2일 아침편지 '새벽에 용서를'의 글귀입니다.

우리는 사랑에 대해 얼마나 알고 있을까

| 수잔 존슨 |

사랑을 구성하는
핵심 요소는 강한 정서다.
사랑의 관계는 혼자 끌고 가는
무모한 행동이 아니라 부정적인 감정이
잠잠해지고 조절되는 회복과 조화를 이루는
만남이다. '백지장도 맞들면 낫다'라는
오래된 격언처럼 말이다.

2015년 5월 1일 아침편지 '사랑의 관계, 미움의 관계' 의 글귀입니다.

52

사랑이 비틀거릴 때

랜디 건서

시간이 지난다고
사랑이 사라지는 것은 아니다.
우리는 그 사랑을 지속시키기 위해
걸림돌을 넘는 방법을 배워야 한다.
내 방법으로만 해결하려고 하면 안 된다.
내가 하려는 사랑을 그도 함께하기를
원한다면, 그와 합의한 방법을
따라야 한다.

2014년 5월 26일 아침편지 '사랑이 비틀거릴 때'의 글귀입니다.

인연

박병철

서두르지 말고 천천히 와요.
그 곳에 있을게요.
오는 길에서 만나는 것들과
함께 손잡고 오면 더 좋구요.
다른 것은 다 버려도
당신의 향기나 미소는 잘 챙겨오세요.
서두르지 말고 천천히 와요.
나, 그 곳에 있을게요.

2012년 3월 26일 아침편지 '서두르지 말고 천천히 와요'의 글귀입니다.

당신 가슴에

|양숙|

온갖 생명 보듬은
습지 내고 싶다
당신 가슴에

아무도 가지 않는 숲
오솔길 내고 싶다
당신 가슴에

열두 줄 걸어놓고
휘몰이 한 바탕 뜯고 싶다
당신 가슴에

2012년 2월 9일 아침편지 '당신 가슴에'의 글귀입니다.

그리움

|윤보영|

곱게 물든

은행나무 길을 걷다가

그리움만 줍고 왔습니다

사랑도 지나치면 병이 된다지만

솔직하게 고백하면, 오늘

그 병에 걸리고 싶더군요

2011년 10월 15일 아침편지 '그리움' 의 글귀입니다.

#2 나는 외로운 당신이 좋습니다

아직 나는 괜찮다

어제를 버텼으니, 오늘을 지날 것이고
그렇게 내일의 나는 더디지만
조금은 수월한 세상을
맞이할 것이므로

나쁜 날들에 필요한 말들

|앤 라모트|

신은

선지자나 불타버린

작은 마을의 사람들을 필요로 하지 않는다.

그 대신 사람들이 그렇게 하도록 선택한다.

거기에서 다시 일어서도록, 스스로 치유하고

주변을 돌아보도록 한다. 사람이 사람을

이끌고 사랑하도록 한다. 신은 우리가

생각하는 것보다 훨씬 더 강하게

우리를 키우고 있다.

―――――――――

2015년 9월 23일 아침편지 '거기에서 다시 일어서라'의 글귀입니다.

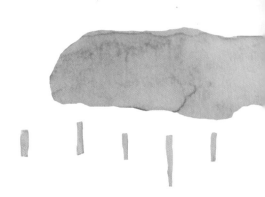

영진설비 돈 갖다 주기

| 박철 |

멀리 쑥국쑥국 쑥국새처럼 비는 그치지 않고
나는 벌컥벌컥 술을 마셨다

어느 한쪽,
아직 뚫지 못한 그 무엇이 있기에
오늘도 숲 속 깊은 곳에서 쑥국새는 울고 비는 내리고
홀로 향기 잃은 나무 한 그루 문 밖에 섰나

2015년 9월 25일 아침편지 '막힌 것은 뚫어라'의 글귀입니다.

마음 똑똑

|박승숙|

심리적으로 소화가 안 된 옛 상처는
당시의 혼란을 상기시키는 일이 있을 때마다
다른 것에 제대로 집중하지 못하게 만든다.
그 기억을 떠올리는 순간 우리는 그 당시를
다시 살아내듯 몸의 반응까지 기억해서
마음이 아프다고 느끼는데, 몸의 통증처럼
마음의 상처도 사람을 질겁하게 만들어
무조건 회피하거나 도망치게
자극할 수 있다.

2014년 10월 22일 아침편지 '상처받은 치유자'의 글귀입니다.

어떤 행복

| 린다 리밍 |

우리는
우리 자신이 현명한 사람,
편안한 사람, 차분한 사람이기를 바란다.
다른 사람이 우리를 어떻게 바라보느냐는
중요하지 않다. 그보다 우리가 우리 자신에 대해
어떻게 느끼는지가 더 중요하다.
마음이 평온해지면 우리는 더 많은 일을 할 수 있다.
감정과 생각에 균형이 잡히고, 시간이 흐를수록
우리 자신이 얼마나 높이 올라갈 수 있는가에
놀라게 될 것이다.

2015년 12월 14일 아침편지 '나는 어떤 사람인가?'의 글귀입니다.

가끔은

안은영

이 키로

이 얼굴로

이 뇌 용량으로

이 성질머리로

이 나이 될 때까지 용케 버티고 있구나.

그래, 무명인으로 제 역할 하느라 이렇게

애를 쓰는구나. 냉철한 이성으로 스스로

채찍질해야 함도 맞지만 가끔은

내가 나를 어루만져 준다.

2015년 7월 10일 아침편지 '내가 나를 어루만져 준다' 의 글귀입니다.

그건, 사랑이었네

한비야

나 역시 잘하고 있을 땐
요란하고 화려한 응원을 받고 싶지만
요즘처럼 기분이 가라앉거나 풀이 죽어 있을 때는
그냥 옆에 있어주는 응원, 따뜻하게 손 잡아주는 응원
그리고 가만히 안아주는 응원,
그런 조용한 응원을 받고 싶다.

2015년 6월 24일 아침편지 '조용한 응원' 의 글귀입니다.

관계 맺기의 심리학

| 박대령 |

나는 괜찮은 사람이다.

다른 어떤 누군가가 당신을

괜찮게 생각하지 않더라도 우리 자신만은

스스로 괜찮게 생각할 수 있다. 나는 당신이

당신 자신을 괜찮게 생각하고 남이 아닌

당신의 기준으로 살기 바란다. 이것은

또한 내 자신에게 하는

말이기도 하다.

2012년 11월 17일 아침편지 '나는 괜찮은 사람이다'의 글귀입니다.

슬픔에 잠긴 약자를 위한 노트

| 김유정 |

자신다울 수 있으면
그것으로 충분하다. 항상
자신다움을 잃지 않는 일관성.
조금 부족하고 조금 마음에 들지 않지만,
자신다움을 유지한다면 그런대로
사람들과 같이 사이 좋게
살아갈 수 있다.

2014년 1월 3일 아침편지 '자신있게, 자신답게'의 글귀입니다.

빌라 오사카, 단 한 번의 계절

|김진우, 이지연|

다음 날도 나는
시내를 어슬렁거렸다.
그러다 오모테산토 힐즈 맞은편에
있는 한 가게를 찾아 좁은 골목길로 들어섰다.
단골집을 하나 갖고 싶었다. 피곤에 찌든 몸을
이끌고 집으로 돌아가는 길에 부담 없이
들를 수 있는 곳이 그리웠다. 언제나
그 자리에서 묵묵히 내 얘기를
들어주는 곳.

2015년 5월 14일 아침편지 '단골집'의 글귀입니다.

어느 날

|정지아|

괜찮다.
딱 좋아하는 날씨다.
선선한 바람이 우리 추억까지
휩쓸고 가지만

괜찮다.
딱 맘에 드는 하루다.
자꾸 떠오르는 얼굴에 가슴이
먹먹하지만

괜찮다.
딱 간이 맞는 생선구이다.
아무 생각도 없이 한 입 먹어보니
결국 눈물이 짜게 흐르지만

2015년 4월 15일 아침편지 '괜찮다. 괜찮다. 괜찮다.'의 글귀입니다.

명작에게 길을 묻다

| 송정림 |

수용소에 함께 있던

소설가 트라이안은 모리츠에게 말한다.

어떤 공포도, 슬픔도, 끝이 있고 한계가 있다고.

따라서 오래 슬퍼할 필요가 없다고. 이런 비극은

삶의 테두리 밖의 것, 시간을 넘어선 것이라고.

씻어버릴 수 없는 오물로 더럽혀진 간악과

불의의 기나긴 시간이라고…

2015년 10월 23일 아침편지 '오래 슬퍼하지 말아요'의 글귀입니다.

한뼘 한뼘

[강예신]

아직, 나는 괜찮다
어제를 버텼으니, 오늘을 지날 것이고,
그렇게 내일의 나는 더디지만
조금은 수월한 세상을
맞이할 것이므로...

2014년 10월 18일 아침편지 '괜찮아요, 토닥토닥'의 글귀입니다.

퐁퐁 달리아

신혜진

슬프다.
울고 싶다는 감정을 자주 느낀다.
울고 싶다는 감정에 자기도 모르게
빠져들지만 마음껏 울지도 못한다.
마음은 울 준비가 되어 있는데
눈물이 나오진 않았다. 여자는
조바심이 났다.

2014년 6월 13일 아침편지 '슬프다. 울고 싶다.'의 글귀입니다.

작은 돌 하나

[차신재]

길을 가다가
작은 돌멩이 하나 걷어찼다
저 만치 주저앉아
야속한 눈으로 쳐다본다

어!
내가 왜 저기 앉아 있지?
수많은 발길에 채이어
멍들고 피 흘린 것도 모자라
내가 나에게까지 걷어 차이다니.

2014년 4월 11일 아침편지 '어! 내가 왜 저기 앉아 있지?'의 글귀입니다.

너도 많이 힘들구나

|백정미|

힘들어도 살아가야지.

이런 다짐을 하면 가슴 한구석이 먹먹해진다.

심장이 가늘게 떨리고 눈가에 이슬이 맺히기도 한다.

눈물겨워도 끝까지 걸어가야만 하는 우리의 삶에

누군가 따뜻한 목소리로 이렇게 말해준다면

불끈 용기가 나지 않을까.

"친구야, 너도 많이 힘들구나."

2014년 4월 15일 아침편지 '친구야, 너도 많이 힘들구나'의 글귀입니다.

왜 가까운 사이일수록 더 상처받는가

조앤 래커

우리 모두
아프리카 두더지의 딜레마를 갖고 있다.
거친 가시가 피부를 온통 뒤덮고 있는
아프리카 두더지처럼 다른 사람에게
상처받을까 봐, 상처 줄까 봐

우리는 늘 누군가와
거리를 두며
살아간다

2014년 1월 10일 아침편지 '아프리카 두더지' 의 글귀입니다.

어른으로 산다는 것

|김혜남|

문득 내 마음 안에 있는
상처 입은 아이가 사랑스럽게 느껴진다.
그 아이를 사랑스러운 눈길로 다독이자
어느새 보채던 아이가 새근새근 잠이 든다.
그 아이에게 필요한 것은 다른 사람의 사랑이 아니라
바로 나 자신의 사랑이었던 것이다. 내가 좀 더
그 아이에게 너그러워진다면 그 아이는
멈추었던 성장을 계속해 나갈 것이다.

2014년 7월 9일 아침편지 '내 안의 아이' 의 글귀입니다.

너는 나에게 상처를 줄 수 없다

| 배르벨 바르데츠키 |

마음이 상하는 일을

피할 수 있는 사람은 세상에 없다.

다만 그것을 덜 상처받는 쪽으로 받아들이는

안정된 자존감을 가진 사람이 있을 뿐이다.

그들은 완벽한 사람도, 한 번도 상처받을

일이 없었던 사람도 아니다. 상처를

받았으나 한 번도 받지 않은 것처럼,

당당하게 살아가는 사람이다.

2013년 12월 18일 아침편지 '마음이 상하셨나요?' 의 글귀입니다.

사랑과 평화의 길, 호오포노포노

| 마벨 카츠 |

삶은 당신에게

온갖 종류의 흙더미를 집어던진다.

우물에서 나오는 비결은 흙을 떨어뜨려

그것을 밟고 올라오는 것이다. 모든 문제들이

오히려 디딤돌이 되는 것이다. 포기하지만

않는다면 우리는 아무리 깊은 우물에서도

빠져나올 수 있다. 흙을 떨어뜨리고

그것을 밟고 올라설 수만

있다면 말이다.

———————————

2013년 5월 21일 아침편지 '디딤돌' 의 글귀입니다.

생각 바꾸기

한창희

어려우면 어렵다,

아프면 아프다고 말할 때

해결방법과 처방전이 나온다.

어려우면서도 안 어려운 척, 아프면서도

안 아픈 척하면 도와줄 사람이 아무도 없다.

어설픈 자존심과 내성적인 생각은

자신만 더욱 어렵게 만들 뿐

아무런 도움이 안 된다.

2011년 6월 1일 아침편지 '아프면 아프다고 말하세요'의 글귀입니다.

살면서 가끔은 울어야 한다

|고창영|

살면서 가끔은 울어야 한다
곪은 상처를 짜내듯
힘겨운 세상 살아가면서
가슴 한가운데 북받치는 설움
때론 맑은 눈물로 씻어내야 한다

2013년 3월 5일 아침편지 '살면서 가끔은 울어야 한다'의 글귀입니다.

상처의 힘

|임서령|

생채기 무수한 그릇을 다시 보듬어 안는다
이리저리 부딪쳐도, 끓는물에 삶아대도,
악착같이 깨지지않고 살아남는 건
상처의 힘,

내 온몸도 상처투성이다.

2012년 9월 15일 아침편지 '상처의 힘' 의 글귀입니다.

행복해도 괜찮아

|리비 사우스웰|

가만히
나 자신을 들여다보는 시간이
길어질수록 침묵은 점점 더 쉬워졌다.
말을 할 필요가 없었다. 모두 자신의
내면 탐구에 깊숙이 빠져 있었기 때문에,
현실에 대해 이야기를 한다는 게
무의미해 보였다. 외로웠지만
동시에 자신감이 느껴졌고
전보다 훨씬 더 강한
내가 된 것 같은
기분이 들었다.

2012년 6월 1일 아침편지 '외로운 자신감'의 글귀입니다.

약해지지 마

| 시바타 도요 |

있잖아, 불행하다고
한숨짓지 마

햇살과 산들바람은
한쪽 편만 들지 않아

꿈은
평등하게 꿀 수 있는 거야

나도 괴로운 일
많았지만
살아 있어 좋았어

너도 약해지지 마

2012년 2월 25일 아침편지 '약해지지 마' 의 글귀입니다.

#3 당신의 오늘과 나의 오늘이 얽혀 있다면

돌이켜 보면
내 인생은 축복이었다

날 그토록 사랑해준 사람들이 있어
삶의 소중한 순간들을 나눌 수 있었으니
그러고 보니 J를 만났던 것도
축복이었다

나의 일상에 너의 일상을 더해

[성수선]

배고프다고 닥치는 대로
허겁지겁 먹으면 몸을 버린다.
외롭다고, 혼자 있기 싫다고, 아무나
만나고 다니면 정작 만나야 할 사람을
만나지 못한다. 귀한 인연은 두리번거리며
찾아온다. 신발끈을 몇 번씩 고쳐매고 천천히.

2015년 11월 4일 아침편지 '아무나 만나지 말라'의 글귀입니다.

나는 아침마다 다림질된다

| 방우달 |

떠날 때를 보면

떠나고 난 후에 보면

떠난 새가 제대로 보인다.

서투른 새는

나뭇가지를 요란하게 흔들고 떠난다.

떠난 후 가지가 한참 흔들린다.

노련한 새는

가지가 눈치 채지 못하게

모르게 흔적도 없이 조용히 떠난다.

떠나가도

늘 앉아 있는 듯한 착각 속에서

가지에게 포근한 무게를 느끼게 한다.

2015년 8월 8일 아침편지 '서투른 새, 노련한 새'의 글귀입니다.

못난이 만두 이야기

|이철환|

당신의 재능은
사람들 머리 속에 기억되지만,
당신의 배려와 인간적인 여백은
사람들 가슴 속에 기억됩니다.
가슴으로 당신을 기억하는 사람들은
모두 다 당신 편입니다.

2014년 2월 14일 아침편지 '모두 다 당신 편'의 글귀입니다.

베풂의 즐거움

|루키우스 안나이우스 세네카|

기꺼운 마음으로

은혜를 입는다면 그것이 바로

은혜를 갚는 것이다. 단지 감사하고자

하는 뜻만으로도 감사하는 사람이 될 수 있다.

은혜를 베푸는 사람은 자신의 선물이

감사하는 마음으로 받아들여지기를

기대한다. 그렇게 받아들여진다면,

그의 목적은 달성된 것이다.

2015년 5월 4일 아침편지 '은혜를 갚는다는 것' 의 글귀입니다.

아름다운 마무리

|법정|

습관적인 만남은 진정한 만남이 아니다.
그것은 시장 바닥에서 스치고 지나감이나 다를 바
없다. 좋은 만남에는 향기로운 여운이 감돌아야 한다.
그 향기로운 여운으로 인해 멀리 떨어져 있어도
함께 공존할 수 있다. 사람이 향기로운 여운을
지니려면 주어진 시간을 값없는 일에
낭비해서는 안 된다. 쉬지 않고 자신의 삶을
가꾸어야 한다. 그래야 만날 때마다
새로운 향기를 주고받을 수 있다.

2013년 7월 8일 아침편지 '향기로운 여운' 의 글귀입니다.

당신의 사랑은 무엇입니까

[김수영]

돌이켜 보면
내 인생은 축복이었다.
물론 힘들고 아팠던 순간도 많았지만,
그 순간들이 있었기에 내가 원하는 삶을
살 수 있었다. 날 그토록 사랑해준 사람들이
있어 삶의 소중한 순간들을 함께 나눌 수
있었으니, 얼마나 감사한 일인가.
그러고 보니 J를 만났던 것도
축복이었다.

2015년 5월 27일 아침편지 'J를 만난 날' 의 글귀입니다.

꽃이름 외우듯이

| 이해인 |

우리 산, 우리 들에 피는 꽃

꽃 이름 알아가는 기쁨으로

새해, 새날을 시작하자

회리바람꽃, 초롱꽃, 돌꽃, 벌깨덩굴꽃,

외우다 보면

웃음으로 꽃물이 드는 정든 모국어

꽃 이름 외우듯이

새봄을 시작하자

꽃 이름 외우듯이

서로의 이름을

불러주는 즐거움으로

우리의 첫 만남을 시작하자

우리 서로 사랑하면

언제라도 봄

2015년 4월 4일 아침편지 '언제라도 봄' 의 글귀입니다.

영혼의 자서전

|니코스 카잔차키스|

우리들은 함께 죽으리라.
내 속의 죽은 자가 죽지 않도록,
나로 하여금 처음으로 죽지 않기를 바라게 한
사람은 이 외할아버지였다. 그 후로 떠나가버린
수많은 사랑하는 사람들은 무덤이 아니라
내 기억 속에 묻혔으니, 내가 죽지 않는 한
그들도 계속해서 살아가리라는
사실을 나는 안다.

2015년 4월 18일 아침편지 '내 기억 속에 묻혔으니…'의 글귀입니다.

쓴맛이 사는 맛

|채현국, 정운현|

선생이 말하는
인생의 단맛은 바로 '사람'이다.
그중에서도 좋은 사람.
선생은 "사람들과 좋은 마음으로
같이 바라고 그런 마음이 서로 통할때
그땐 참 달다"고 했다.

2015년 3월 4일 아침편지 '사람의 맛' 의 글귀입니다.

아리스로의 비행

| 생텍쥐페리 |

육체가 쓰러지면

그전에는 깨닫지 못했던 것을

다시금 깨닫게 된다.

인간은 관계의 덩어리라는 것을.

오직 관계만이 인간을 살게 한다는 것을.

2015년 10월 28일 아침편지 '사람은 혼자 살 수 없다'의 글귀입니다.

나도 내가 궁금하다

| 김정일 |

상대가 나를 신뢰해
마음을 열기 시작했다면,
그래서 내가 상대의 마음속을 들여다보게
됐다면 나는 막강한 책임감을 가져야 한다.
상대는 자기의 가장 취약한 것, 생명을 내게
맡겼기 때문이다. 따라서 상대의 마음속을
들여다보고 싶으면 경건하고도 조심스럽게,
그러나 당당하게 맡아야 한다. 남의 생명을
맡아 잘 관리한다는 것은 내게도
큰 부담이기 때문이다.

2015년 1월 8일 아침편지 '그가 나에게 생명을 맡겼다'의 글귀입니다.

오늘, 나에게 약이 되는 말

|한설|

'우분투'UBUNTU란, 반투족 말로
'네가 있기에 내가 있다'I AM BECAUSE YOU ARE는
뜻이다. 우리는 대부분 해처럼 찬란하게 빛나는
존재가 되기를 꿈꾼다. 스스로에게 물어보자.
하늘 높이 빛나는 해와 달의 존재.
나는 당신에게 해이고 싶은가,
달이고 싶은가.

2015년 1월 16일 아침편지 '네가 있기에 내가 있다' 의 글귀입니다.

즐거운 여름밤
서늘한 바람이 알려주는 것들

[김유정]

타자의 아픔.

자신의 작은 상처에

물이 닿으면 그 아픔이 고통스럽습니다.

상처가 없을 때 이를 모르는 것은 아니지만

그 아픔을 기억할 정도로 우리의 기억력은

좋지 않습니다. 우리들, 타자의 아픔을

알고 있나요.

2013년 8월 28일 아침편지 '타자의 아픔' 의 글귀입니다.

내 영혼을 울린 이야기

|존 포웰|

한 인격체로 성장해 가는
과정의 어느 시점에서든, 나의 인격은
나를 사랑하는 이들 또는 내가 사랑하는 이들,
나를 사랑하기를 거부하는 이들 또는 내가
사랑하기를 거부하는 이들과 어떤 관계를
맺느냐에 따라 결정된다.

2009년 8월 1일 아침편지 '만남'의 글귀입니다.

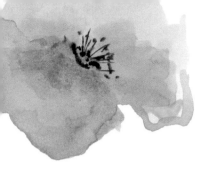

참 좋은 당신을 만났습니다

[송정림]

내 입장에 서서
남을 보는 일은 쉽지만
남의 입장에 서서 나를 보고
남을 보는 일은 쉽지 않습니다.
어떤 일을 판단할 때 알맞은 자리는
어쩌면 내가 서 있는 이 자리가 아니라
상대가 서 있는 자리인지도 모릅니다.
이제는 내가 먼저 다가가서 인사를
건네야지. 이제는 내가 더 반갑고
고마운 이웃이 되어야지.

2014년 12월 26일 아침편지 '내가 먼저 다가가서'의 글귀입니다.

인생의 맛

| 앙투안 콩파뇽 |

내가 말하는 우정은
서로 섞이고 녹아들어 각자의
형체가 사라지고 다시는 아무새도
알아볼 수 없이 완전히 하나가 된 상태다.
만일 왜 그를 사랑하는가에 대한 물음에
답해야한다면, 나는 이렇게 대답하는
것 외에 달리 표현할 길이 없다.

그대 그 였기 때문이고,
나였기 때문이라고.

———————————

2014년 10월 1일 아침편지 '우정이란' 의 글귀입니다.

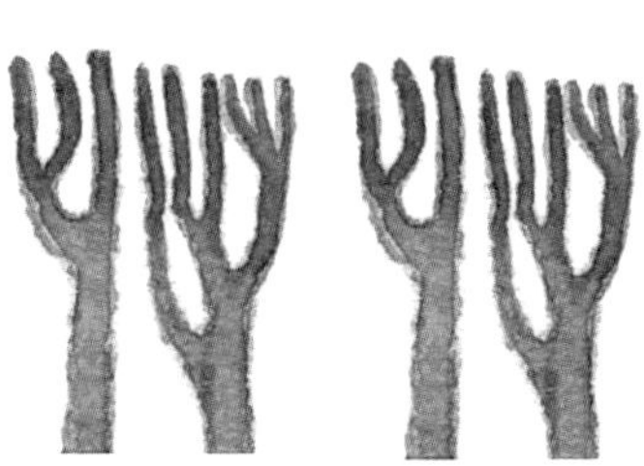

바보 마음

|정말지|

내가 마음을 열고

미풍처럼 타인에게 먼저 다가가면

그들도 나에게 마음을 엽니다.

내가 마음의 문을 닫는 순간

나는 돌멩이가 되어

다른 사람이 피해야 하는 존재가 됩니다.

2014년 9월 17일 아침편지 '내가 마음을 열면'의 글귀입니다.

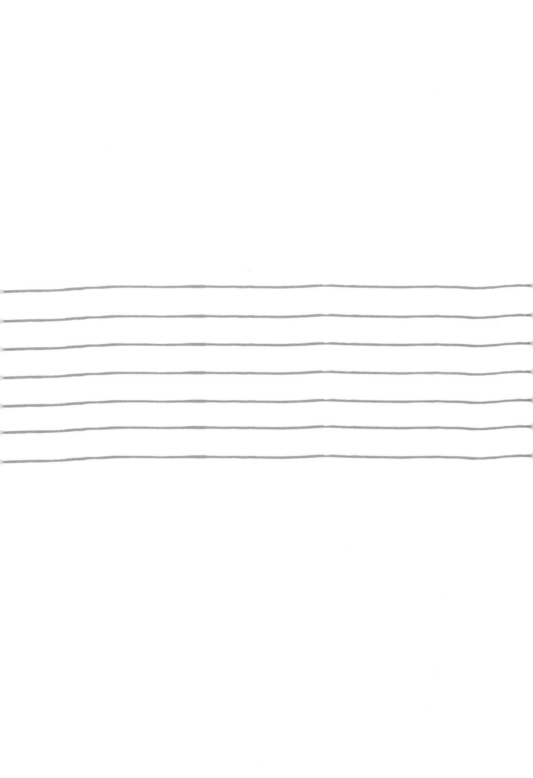

산다는 것은

[박범신]

사람처럼 추한 것이 없고

사람처럼 독한 것이 없고

사람처럼 불쌍한 것이 없고,

그리고 사람처럼 예쁜 것이 없다.

모든 게 영원하다면

무엇이 예쁘고 무엇이 또 눈물겹겠는가.

2010년 10월 18일 아침편지 '예쁜 사람' 의 글귀입니다.

완전한 자기긍정 타인긍정

|에이미 해리스, 토머스 해리스|

내가 당신을 보고

당신이 나를 본다는 것은

두 개의 영혼이 만나는 것과 같다.

눈맞춤은 오래 본다거나 뚫어지게 본다거나

노려보는 게 아니다. 본다는 것은 중요하다.

볼 수 없다면 어루만짐을 줄 수 없다.

2014년 7월 24일 아침편지 '눈맞춤' 의 글귀입니다.

마음풍경

|조용철|

빛이 없으면
아무것도 볼 수 없습니다.
하지만 빛이 있어도 볼 수 없는 게 있습니다.
오히려 눈을 감아야 보입니다. 그리운 사람,
저 산 너머 고향이 그렇습니다. 때론
현혹되지 않기 위해 눈을 감습니다.
진실은 마음의 눈으로
볼 수 있으니까요.

2014년 6월 20일 아침편지 '눈을 감고 본다'의 글귀입니다.

손톱을 깎으며

[김기원]

아무리 잘난 사람도
오른손이 오른 손톱을
왼손이 왼 손톱을 깎을 수 없어

왼손과 오른손이
사이좋게 서로 깎아주고
다듬어줘야 해

나는 너의 거울이 되고
너는 나의 반사경이 되어
서로 비춰주며 사는 거야

2014년 6월 23일 아침편지 '손톱을 깎으며'의 글귀입니다.

창가의 토토

| 구로야나기 테츠코 |

그때 토토는

왠지 태어나서 처음으로

진짜 좋아하는 사람과 만난 것 같은

기분이 들었다. 태어나서 지금까지 이렇게

긴 시간 동안 자기 얘기를 들어준 사람은 없었기

때문이다. 그 긴 시간 동안 단 한번도 하품을 하거나

지루한 표정을 짓지도 않고, 토토가 얘기할 때처럼

똑같이 몸을 앞으로 내민 채

열심히 들어 주었다.

─────────────

2014년 6월 24일 아침편지 '나를 진짜 좋아하는 사람'의 글귀입니다.

고요함이 들려주는 것들

|마크 네포|

누군가를 깊이 안다는 것,

누군가를 깊이 알아가는 일은

바닷물을 뚫고 달의 소리를 듣는 것과 같다.

한 마리 매가 반짝이는 나뭇잎들을

내 발치에 물어다 놓게 하는

것과 같다.

2014년 5월 16일 아침편지 '누군가를 깊이 안다는 것' 의 글귀입니다.

꽃보다 붉은 울음

김성리

침묵의 대화.
말은 입을 통하여 나오고 귀로 듣는다.
때로는 묻지 않아도 알고 대답하지 않아도
들을 수 있는 말이 있다. 마음으로 하는
말은 마음으로 듣기 때문이다.

년 5월 30일 아침편지 '말을 안해도…'의 글귀입니다.

켄터키 후라이드 껍데기

서면 알렉시

나는 마치 춤을 추고
노래를 하고 있는 것 같았다.
그 모든 것이 내게 희망을 주었다.
그것이 내게 약간의 작은 기쁨을 주었다.
그리고 나는 계속해서 내 인생의 자그마한 희망을
찾으려고 노력했다. 그것만이 내게는 그 죽음과 변화를
가까스로 이겨낼 유일한 방법이었다. 나는 내 삶에
큰 기쁨을 주었던 사람들의 이름을
적어보았다.

2013년 10월 26일 아침편지 '힘들 때 기쁨의 목록 만들기'의 글귀입니다.

162

스트레스의 힘

| 켈리 맥고니걸 |

내가 그렇듯이

이 사람도 자신의 인생에서

어려움을 겪어왔다. 내가 그렇듯이

이 사람도 고통을 안다. 내가 그렇듯이

이 사람도 이 세상에서 쓸모 있는 존재가

되고 싶지만, 실패하는 것이 어떤 기분인지도

잘 알고 있다. 우리가 취할 행동이라고는

그 사실을 이해하겠다고

선택하는 것뿐이다.

―――――――――――

2015년 10월 16일 아침편지 '내가 그렇듯이'의 글귀입니다.

모리와 함께한 화요일

|미치 앨봄|

인간관계에는
일정한 공식이 없어,
양쪽 모두가 공간을 넉넉히 가지면서
넘치는 사랑으로 협상을 벌여야 하는게
바로 인간관계라네,
두 사람이
무엇을 원하는지,
무엇이 필요한지,
무엇을 할 수 있으며
또 각자의 삶이 어떤지에 대해서 말이야.

2013년 5월 4일 아침편지 '사랑 협상' 의 글귀입니다.

#4 당신의 사막에도 별이 떠오른기를

행운이나 행복한 날은
파랑새처럼 찾아오는 것이 아니었다

행운도 행복한 날도 원하는 이들이
스스로 만들어야지만 주어지는 것이었다
그것도 모르고 너무 오랜 시간
기다리고만 있었네

숨통트기

|강미영|

마음만 먹으면

언제든 다른 버스를 타고

완전히 다른 길을 달릴 수 있다.

어디로 갈지 선택권이 나에게 있음을 깜빡했다.

스스로 닫힌 세상으로 계속해서 들어서면서

빠져나갈 수 없다고, 답답하다고 외쳤다.

그저 문을 열고 나오면

되는데 말이다.

2015년 9월 3일 아침편지 '어디로 갈지…' 의 글귀입니다.

곡선이 이긴다

|유영만, 고두현|

빠르다는 게 뭐지?

밥을 10분 안에 다 먹는 것?

제한속도를 10퍼센트쯤 넘기는 것?

문득 사고를 당한 날 엄청나게 엑셀을 밟았던 기억이

떠올랐습니다. 잠도 줄여가며 원고를 쓰고

집으로 돌아가다가 하필 그 순간 깜빡,

정말 아주 깜빡 졸았습니다.

나의 질주를 더 이상 감당할 수 없던

내 삶이 급브레이크를 밟았고,

속도를 줄이지 못한 나는

내동댕이쳐졌습니다.

2015년 8월 6일 아침편지 '깜빡 졸다가…'의 글귀입니다.

살면서 쉬웠던 날은 단 하루도 없었다

| 박광수 |

행운이나 행복이 스스로

자신에게 찾아와 주길 바라는 사람이 있다.

하지만 세상에 유배되어 세상의 나이로 마흔일곱 해를

살아 보니 이제야 알겠다. 행운이나 행복한 날은

까닭 없이 내 마당으로 날아 들어오는

파랑새처럼 찾아오는 것이 아니었다.

행운도 행복한 닐도 원하는 이들이

스스로 만들어야지만 주어지는 것이었다.

그것도 모르고 너무 오랜 시간

기다리고만 있었네.

2015년 8월 15일 아침편지 '너무 오랜 시간'의 글귀입니다.

잠들면 안 돼, 거기 뱀이 있어

|다니엘 에버렛|

굳이 깊은 아마존 정글이 아니더라도
우리 삶에는 고난과 위협이 곳곳에 도사리고 있다.
피다한 사람들은 자신들이 처한 환경에서
살아남기 위해 잠을 자지 않는 불편한
생활을 선택했다. 그럼에도 그들은
그러한 상황을 여유롭고 유쾌하게
즐긴다. 이 점이 중요하다.
우리 삶은 어쨌든 계속될 뿐이다.

2015년 8월 20일 아침편지 '아마존 피다한 사람들' 의 글귀입니다.

야매상담

| 오선화 |

그러니까
젊음과 청춘은 다른 거야.
시간이 지나면 더 확실해져.

젊음은 꽃병에 들어 있는 꽃이라서
시간이 지나면 시들어 버리지만
청춘은 시간이 지나도 가슴에 남는
푸른 봄이거든.

이제부터
청춘으로 가는 길을 모색해 봐.
너의 젊음은 아직 많이 남았잖아.

———————————

2015년 7월 15일 아침편지 '젊음은 가고 청춘은 온다'의 글귀입니다.

내 삶의 힌트

| 박재규 |

자은 굶힘조차
두려워 피하는 자는
아름다운 음악도
감동적인 인생도
들려줄 수 없다,

2015년 6월 3일 아침편지 '작은 굶힘' 의 글귀입니다.

크리에이티브 테라피

|윤수정|

'긍정'의 지렛대를

사용할 때 사람들이 쉽게 잊는

점이 있다. 힘이 필요하다는 점이다.

힘을 다해 눌러야 그 놀라운 기적이 발휘된다.

그저 바라보고만 있다면, 두 손을 주머니에 찌르고

고개를 숙이고만 있다면, 당연히 아무 일도

일어날 수 없다. 내 몸을 던져 힘을 주고

"영차" 구호를 외쳐야 한다.

2015년 3월 5일 아침편지 '긍정의 지렛대' 의 글귀입니다.

쬐끔만 더 우아하게

|방우달|

네 삶이 힘들거든
머리에 이고 다니는 것과
발로 밟고 다니는 것을 서로 바꾸어 보라

지구를 머리에 이고 다니기에는
너무 무거우니까 발로 밟고 다니듯이

하늘을 발로 밟고 다니기에는
너무 가벼우니까 머리에 이고 다니듯이

2015년 3월 14일 아침편지 '사고의 전환'의 글귀입니다.

우리 이렇게 살자

변상욱

맘껏
나아가고 싶을 때
한 걸음 물러서는 것,
그리고 나아가기 두려울 때
단호히 한 걸음 내딛는 것. 그것이
마음으로 하는 검도의 요체입니다.
한 걸음이란 이렇게 생명이
담긴 무엇입니다.

2015년 3월 24일 아침편지 '인생 검도' 의 글귀입니다.

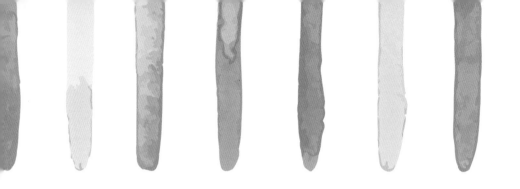

꼼짝도 하기 싫은 사람들을 위한 요가

|제프 다이어|

밖에 있으면

실내로 들어가고 싶었고

실내에 있을 때는 밖으로 나가고 싶었다.

가장 심할 때는 일단 좀 앉고 싶은 생각이 들었다가,

자리에 앉자마자 일어나야 할 것 같은 생각이 들고,

그래서 일어난 다음에는 다시 앉고 싶은 생각이 들었다.

나는 그렇게 앉았다 일어났다를

반복하며 인생을 허비했다.

2015년 1월 26일 아침편지 '허송세월'의 글귀입니다.

산에 오는 이유

| 이생진 |

산은 산에게 주고
강은 강에게 주었으면

나팔은 나팔수에게 주고
파리 목숨은 파리에게 주었으면

그리고 나머지것들도 다 찾아간 다음
나도 내게 주었으면

방울 소리 방울에서 나고
파도 소리 파도에서 나듯
나도 내 소리 내 봤으면

2014년 12월 6일 아침편지 '나도 내 소리 내 봤으면' 의 글귀입니다.

당신도 언젠가는 벽돌을 만날 거야

| 김해영 |

우리는 저마다의
사막을 건너고 있습니다.
때문에 저처럼 애써 사막에 가지
않아도 됩니다. 다만 저는 기도할 뿐입니다.
당신의 사막을 온전히 사랑하게 되기를.
당신의 사막에도 언젠가
아름다운 별이
떠오르기를.

_____

2014년 12월 16일 아침편지 '당신의 사막에도 별이 뜨기를'의 글귀입니다.

저니맨

|파비안 직스투스 쾨르너 |

인간은 두 번 태어난다.
한 번은 어머니의 자궁에서,
또 한 번은 여행길 위에서.
이제껏 한 번도 여행을 떠나지 않았다면,
모두에겐 또 한 번의 탄생이 남아 있는 셈이었다.
소심한 자는 평생 떠날 수 없다. 더 이상
안전한 삶에 대한 미련이 내 발목을
잡게 둬서는 안 된다.

2014년 11월 8일 아침편지 '떠나야 할 순간'의 글귀입니다.

미치지 못해 미칠 것 같은 젊음

구본형

내가 만일 다시 젊음으로 되돌아간다면,
겨우 시키는 일을 하며 늙지는 않을 것이니
아침에 일어나 하고 싶은 일을 하는 사람이 되어
천둥처럼 내 자신에게 놀라워하리라.
신神은 깊은 곳에 나를 숨겨 두었으니
헤매며 나를 찾을 수밖에
그러나 신도 들킬 때가 있어
신이 감추어 둔 나를 찾는 날 나는 승리하리.
길이 보이거든 사자의 입속으로 머리를 처넣듯
용감하게 그 길로 돌진하여 의심을 깨뜨리고
길이 안보이거든 조용히 주어진 일을 할 뿐
신이 나를 어디로 데려다 놓든 그곳이
바로 내가 있어야 할 곳.

2014년 11월 22일 아침편지 '다시 젊음으로 돌아간다면' 의 글귀입니다.

높고 푸른 사다리

|공지영|

태어나기 전에 인간에게

최소한 열 달을 준비하게 하는 신은

죽을 때는 아무 준비도 시키지 않는다.

그래서 삶 전체가 죽음에 대한 준비라고

성인들이 일찍이 말했던가. 어떻게 죽을 것인가

생각하는 인간은 분명 어떻게 살 것인가를 안다.

죽음이 삶을 결정하고 거꾸로 삶의 과정이

죽음을 평가하게 한다면 내 삶은

어디로 가고 있는가.

2014년 9월 20일 아침편지 '가치 있는 삶, 아름다운 삶' 의 글귀입니다.

옛사람의 향기가 나를 깨우다

| 진수옥 |

지금 하는 일에
집중하면서 즐겁게 사는 것,
그것이 열쇠였다. 지금에 열중하지
않으니까 늘 쫓기는 기분이었나 보다.
급하고 불만스럽고 불안하고 그랬다.
지금 내가 하는 일을 꼽아본다.

2014년 9월 26일 아침편지 '지금 하는 일'의 글귀입니다.

마음은 도둑이다

|레너드 제이콥슨|

노인이 말했다.
"기다리면서 알게 되었습니다.
이미 내게 모든 것이 있다는 것을!
단지 주의를 기울이지 않았던 것입니다."
그래서 노인은 현자, 마법사와 함께
강가에 앉았다. 그리고 그들은 기다렸다.
혹시 자기가 원하는 게 뭔지를 잊어버린
사람이 떠돌다가 찾아올 경우를
대비해서….

2014년 8월 28일 아침편지 '떠돌다 찾아올 나를 기다리며'의 글귀입니다.

너는 가슴을 따라 살고 있는가

| 홍영철 |

"네 영혼으로
음악을 듣도록 해."
덩컨은 가난도 고독도
하얗게 잊게 하는 음악이, 춤이 좋았다.
무용을 하는 언니 엘리자베스를 따라 춤을
추었다. 혼자서 숲속과 해변을 뛰어다녔다.
바람소리와 파도소리는 음악이었고,
몸짓은 곧 춤이 되었다.

2014년 7월 16일 아침편지 '영혼으로 듣는 생명의 음악'의 글귀입니다.

당신만 바라보며 천천히 걷는다

│윤선민│

끝은 훤히 보이는데
길이 잘 안 보인다.
이걸 두고
사는 맛이라는 사람도 있고
죽을 맛이라는 사람도 있다.

2015년 12월 3일 아침편지 '사는 맛, 죽을 맛'의 글귀입니다.

천상의 예언

|제임스 레드필드|

나는
앞으로 닥칠지도 모르는
위험에 대해 한동안 생각해 봤지만
나 잘될 거라는 느낌이 들었다. 그 생각이
점점 커지면서 걱정하지 않기로 마음먹었다.
조심하면서 천천히 해 나가면 되리라.

2013년 11월 25일 아침편지 '자기암시, 자기최면'의 글귀입니다.

바람에게 길을 물으니
네 멋대로 가라 한다

| 허허당 |

사막은 사람을 푸르게 한다.
풀 한 포기 없는 사막에선
사람 스스로 푸르더라.
두려워 마라.
그대가 지금 황량한 사막에 홀로 있어도
온 세상을 푸르게 할 수 있는 주인공이다.

2013년 8월 19일 아침편지 '푸른 기적'의 글귀입니다.

나는 인생의 고비마다 한 뼘씩 자란다

| 김이율 |

존 우드,

내 말 잘 들어.

일회용 반창고를 뗄 때

아프지 않게 떼는 방법이 뭔줄 아니?

그건 바로 한 번에 확 떼는 거야.

네가 마음의 결정을 했으면 더 이상 망설이지 마.

네가 하고 싶은 대로 하란 말이야.

2013년 6월 22일 아침편지 '반창고 아프지 않게 떼는 법'의 글귀입니다.

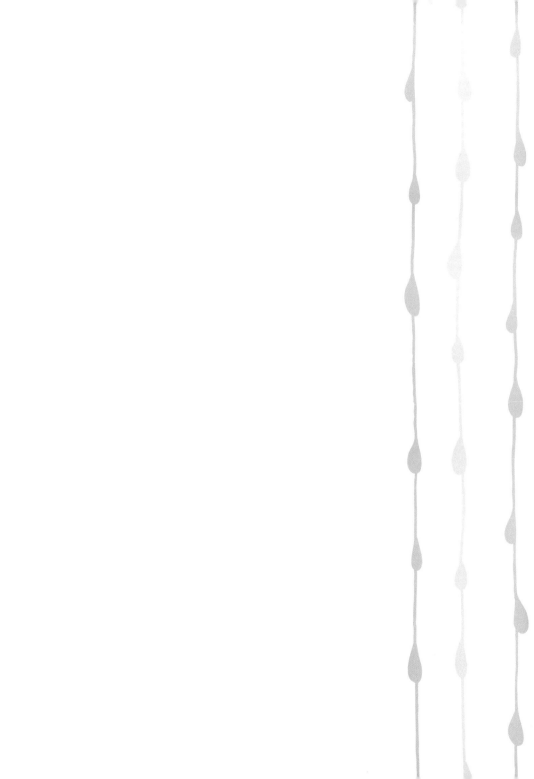

우주는 네가 시작하기만 기다리고 있어

|샬롯 리드|

"미처 예상치 못한
멋진 일들이 일어나는 순간은
바로 우리가 계획한 것들이
'잘못'되고 있을 때야."

2015년 3월 28일 아침편지 '더 좋은 기회' 의 글귀입니다.

초원의 바람을 가르다

아무리 몸부림쳐도
길이 보이지 않는다고
길바닥에 주저앉았던 그 길에서,
별처럼 맑은 이슬을 보았다.
어두운 골짜기를 지나갈 때라도
길을 달리는 한, 빛은 있다.
고난의 순례길, 눈물을 흘리면서도
씨를 뿌리러 나가야 한다.

이제 길은 내 뒤에 있다.

2012년 8월 13일 아침편지 '빛은 있다'의 글귀입니다.

나이 들지 않으면 알 수 없는 것들

|쿠르트 호크|

언덕길이다.

한 발짝 한 발짝,

숨결을 고르며 천천히 달린다.

한달음에 정상에 오르고자 하는 마음은 굴뚝같지만

다리의 근력이 허락하지 않는다. 하지만 조금씩 오를수록

의지는 강해진다. 어찌 되었든 언젠가는 꼭대기에

다다르게 마련이다. 그런 믿음이 있는 한

속도는 그리 중요하지 않다.

2012년 7월 11일 아침편지 '속도는 중요하지 않다'의 글귀입니다.

서른다섯까지는 연습이다

[노진희]

'어어, 이게 아닌데…'
하면서도 무엇이 맞는 건지 잘 몰랐고,
내가 정답이라고 생각하며 내렸던 결정은
되레 덫이 되어 나를 넘어뜨리곤 했다.
내년이면 서른다섯이라는 생각에
새삼스럽게 그리고 소스라치게 놀란
어느 밤, 이제 그 헌 연습장일랑은 덮고
새 노트를 펼치고 싶다는 생각이 들었다.

2012년 3월 1일 아침편지 '서른다섯까지는 연습이다'의 글귀입니다.

나의 바깥

김영미

사는 일이
사람을 만나거나 이 길 저 길 걷는 길이지만
내가 만난 사람 내가 걸은 길은 빙산의 일각

나머지 빙산은
내가 만나지 않은 사람들 속에 있고
걷지 못할 길 위에 있고 북극에 있고 남극에 있어
나는 모른다

문득 발 앞을 막아서는
노란 민들레꽃
또한 가 닿을 수 없는
나의 바깥

2011년 12월 7일 아침편지 '나의 바깥' 의 글귀입니다.

#5 차창 밖을 바라보는 당신이기를

나는
순간순간에 충실하기로 했다

배고프면 먹고 목마르면 물 마시고
졸리면 자고 잡념이 많아지면 무조건 걸었다
차츰 마음이 가라앉고 차분해졌다. 순해졌다
자연이 나를 바꿔 놓고 있었다

무분별의 지혜

|김기태|

물 위에서 일렁이는 물결이
잠잠하든 거칠든 약하든 힘차든
고요하든 그 모두가 다만 물일 뿐이듯이,
내 마음 안에서 어떤 감정, 느낌, 생각이라는
물결이 무슨 모양으로 일어났다가 사라지든
그 모든 것이 다만 내 마음일 뿐임을 알아,
우리는 지금 이대로 완전하며 지금
이대로 자유롭다는 실상에 문득
눈을 뜨게 될 것이다.

2015년 11월 2일 아침편지 '출렁이는 내 마음의 물결' 의 글귀입니다.

당신에게는 사막이 필요하다

|아킬 모저|

사막에서 중요한 것은,

없으면 안 되는 필수적인 것들이다.

한 조각의 오트밀 빵, 한 줌의 쌀, 한 모금의 물,

한 줄기 온기와 무엇보다 배려하는 마음이다.

온 세상 사막을 쏘다니면서 헤아릴 길 없는

외로움을 경험하는 것은 오히려

당연한 일이리라.

2015년 9월 10일 아침편지 '사막에서 중요한 것' 의 글귀입니다.

아티스트 웨이

|줄리아 카메론|

우리에게 창조적 고독,
다시 말해 혼자 있는 시간이 필요하다.
만약 이런 재충전의 시간이 주어지지 않는다면
창조성은 고갈되고 말 것이다. 그리고
시기를 놓치면 지치는 것보다
더 나쁜 상태가 나타날
수도 있다.

2015년 6월 15일 아침편지 '혼자 있는 시간' 의 글귀입니다.

이미 그대는 충분하다

조수연

뜰에서 또는 들이나 산에서

나무, 풀 등 끌리는 식물에 걸어가 앞에 선다.

빛깔, 형태, 움직임을 바라본다. 햇빛을 흡수해

드러나는 빛깔을 음미한다. 파스텔이나 수성

색연필에서 끌리는 색깔을 하나 골라

손이 가는 대로 그린다. 그 빛깔을

바라본다. 잠시 느낌에

머물러 있는다.

2015년 6월 2일 아침편지 '나에게 끌리는 색깔'의 글귀입니다.

노란 화살표 방향으로 걸었다

| 서영은 |

걸을 걷다보면
한 걸음 이전과 한 걸음 이후가
'변화' 그 자체라는 것을 느낄 수 있다.
한 걸음 사이에 이미 이전의 것은 지나가고
새로운 것이 다가온다. 같은 풀, 같은 꽃
같은 돌멩이, 같은 나무라도 한 걸음
사이에 이미 그 자체가 변해있다.

2015년 6월 17일 아침편지 '첫 걸음 하나에'의 글귀입니다.

마음을 멈추고 다만 바라보라

|틱낫한|

우리 자신 속을
깊이 들여다볼 때
우리는 그 안에서 꽃과 쓰레기들을 함께 본다.
하지만 걱정할 필요가 없다. 정원사가 거름을
꽃으로 변화시키는 방법을 알듯이 우리 또한
분노와 미움, 우울증과 차별심을 사랑과
이해로 탈바꿈시킬 수 있기 때문이다.
명상이 하는 일이 그것이다.

2015년 6월 27일 아침편지 '꽃으로 변화하는 방법'의 글귀입니다.

소로우의 일기

|헨리 데이비드 소로|

유년기에는

천국이 우리 옆에 있었다.

자연의 소리는 격하거나 지나치지 않고

거짓 또한 없다. 나는 다시 극히 섬세한 본능을

가장 신성한 것으로 믿게 된다. 자연의 소리는

나에게 남은 시간들이 거쳐야 할

삶이 아닌 삶, 삶을 넘어선

삶이 된다.

2015년 5월 5일 아침편지 '내 옆에 천국이 있다' 의 글귀입니다.

새날

| 여태전 |

모질게 다시 마음먹고 눈뜨는 날
온갖 잡투성이 단칼에 베어버리는 날

어려운 말 쓰지 않아도 시가 되는 날
말과 글이 하나 되고
글과 삶이 하나 되어
꽃망울 터뜨리는 날

온전한 나를 찾는 날
죽어 다시 사는 날

2015년 5월 26일 아침편지 '새날' 의 글귀입니다.

정원에서 보내는 시간

|헤르만 헤세|

다시 소중한 것으로

다가와 내게 말을 건다.

예전에 내가 어린 소년이었을 때 느꼈던 것들이다.

나비 채를 손에 들고 돌아다니던 소년 시절, 양철로

만든 식물 채집통, 부모님과 함께했던 산책, 여동생의

밀짚모자 위에 꽂혔던 달구지 국화가 생각난다.

모든 것들을 보고, 느끼고, 냄새 맡고 싶다.

모든 것을 맛보고 싶다.

2015년 5월 30일 아침편지 '소중한 기억들 때문에…'의 글귀입니다.

홀가분

|정혜신, 이명수|

살다 보면

어제와 다름없던

오늘의 풍경 속에서 문득,

모든 것이 새롭게 다가오는 순간이 있습니다.

그 중에서도 진짜 자기와 만나는 경험이 선사하는

벼락같은 황홀함은 비할 데가 없습니다.

2011년 6월 3일 아침편지 '나와 만나는 벼락같은 황홀함'의 글귀입니다.

낮추고 사는 즐거움

| 조화순 |

나는
순간순간에 충실하기로 했다.
배고프면 먹고 목마르면 물 마시고
졸리면 자고 잡념이 많아지면 무조건 걸었다.
차츰 마음이 가라앉고 차분해졌다. 순해졌다.
자연이 나를 바꿔 놓고 있었다. 나뿐만 아니라
잠시라도 이곳에 머무는 사람들은
모두 순해지는 자신을
느끼곤 했다.

2014년 12월 12일 아침편지 '순간순간의 충실' 의 글귀입니다.

춤을 추면서

| 장광자 |

암자라 부르기도 송구한

조그만 토굴, 그 앞마당에서

나는 버선발로 춤을 추었다. 고요가 드리운

뜰에 춤을 추며 잔디밭을 돌았다. 그런데

어쩐 일인지 가슴이 뭉클해지면서

눈시울이 뜨거워졌다. 일시에

소리가 멎은 듯 아무 소리도

들리지 않았다.

2014년 9월 19일 아침편지 '토굴에서 홀로 춤을 추었다'의 글귀입니다.

기도방

|김정묘|

거울 떼고

달력을 떼고

옷걸이를 떼고

전등을 떼고

책을 내놓고

그릇을 내놓고

가구를 내놓고

못을 뽑고

홀로

방에

들어가다

2014년 5월 20일 아침편지 '기도방'의 글귀입니다.

어떻게 흔들리지 않고 살 것인가

|크리스 프렌티스|

행복을
오래 유지하는 비결은
오직 한가지뿐입니다.
그 방법은 간단합니다.
그냥 행복을 느끼면 됩니다.

2015년 11월 3일 아침편지 '그냥 느껴라'의 글귀입니다.

살아갈 날들을 위한 공부

|레프 톨스토이|

우리는 많은 것을 알고 있고
매 순간 많은 일을 하고 있지만
가장 중요한 것은 빠뜨렸다. 우리는
쓸모없는 것은 너무도 많이 알고 있지만
정작 가장 중요한 우리 자신은 알지 못한다.
우리 안에 사는 영혼을 기억할 수만 있다면
우리의 삶은 완전히 달라질 것이다.

2014년 4월 21일 아침편지 '가장 중요한 것을 빠뜨렸다'의 글귀입니다.

티베트 스님의 노 프라블럼

|아남 툽텐|

마음이

티 없이 순수하고

개념과 관념들로 가득 차 있지 않으면

자연스레 기도하는 법을 알 수 있습니다.

가끔씩 아무 생각도 없고 대책도 없을 때,

밧줄 끝에 간신히 매달린 것 같을 때

우리는 진정한 기도를 하게 됩니다.

_____

2015년 9월 21일 아침편지 '밧줄 끝에 간신히 매달려서'의 글귀입니다.

느림보 마음

| 문태준 |

우리의 마음이

부정적인 것에 지배되지 않도록 할 일입니다.

몸과 마음의 고단은 몸과 마음의 어둠을

부릅니다. 꽉 묶어둔 보자기를 풀듯이

우리의 하루하루에도 이완이

필요합니다.

_____

2015년 6월 12일 아침편지 '꽉 묶어둔 선물 보자기를 풀듯이'의 글귀입니다.

258

놓아버림

|데이비드 호킨스|

놓아버림은

무거운 물건을 떨어뜨리듯

마음속 압박을 갑작스레 끝내는 일이다.

놓아 버리면 마음이 놓이고 가벼워지는

느낌이 들면서 한결 기쁘고 홀가분해진다.

마음만 먹으면 의식적으로 몇 번이든

놓아버릴 수 있다.

2013년 11월 1일 아침편지 '놓아버림'의 글귀입니다.

느긋한 제자

| 앨런 패들링 |

어리석은 말 같지만

토머스 머튼이 정확하게 꼬집었다.

숨통이 끊어지지 않으려면 잠시 아무것도

하지 말고 편안히 앉아있어야 할 때가 있다.

자신을 돌보지 않고 일에 몰두하는 사람에게는

아무것도 하지 않고 가만히 앉아서 쉬는 것보다

어려운 일이 없다. 그가 할 수 있는

가장 힘들고 용기 있는 행동은

쉬는 것이다.

———————————

2015년 12월 9일 아침편지 '쉬는 용기'의 글귀입니다.

죽거나, 멋지게 살거나

| 류웨이 |

죽음에 직면하고 나자

나는 오히려 삶을 향한 갈망을 느끼게 됐다.

더 솔직히 표현하자면 나는 삶을 멋지게 살기를 갈구했다.

죽지 않고 살기로 했으면 기쁘고 즐겁게

사는 게 백번 낫지 않은가.

구사일생으로 살아난 내가

원망할 것이 뭐가 있겠는가. 인생이란

그저 태어나고 살아가는 것이니까.

태어났으면, 멋지게 사는 거다.

2013년 9월 25일 아침편지 '멋지게 사는 거다'의 글귀입니다.

살아 있는 지금 이 순간이 기적

| 틱낫한 |

빨간 신호는
정신을 깨우는 종소리이다.
이제까지는 빨간 신호를 목적지에
도착하는 것을 방해하는 적으로 생각했다.
그러나 우리는 이제 빨간 신호가 우리의 친구이며
서두르는 것을 막아주고 우리를 지금 이 순간으로
인도하여 생명, 기쁨, 평화를 만나게
해준다는 사실을 깨달았다.

2014년 5월 6일 아침편지 '빨간 신호'의 글귀입니다.

시옷의 세계

[김소연]

전혀 새로운 창조는
대개 주어진 한계를 적극적으로
껴안고 활용한 흔적이 그 배경에 있다.
그 한계점이 곧 예술가의 시야가 넓어지는
순간임을 그는 경험한 것이다.

새로운 시선을 통해서는 나를 다시 보고,
새로운 시점을 통해서는 당신을 다시 보고,
새로운 시야를 통해서는 세상을 다시 본다.

2013년 4월 2일 아침편지 '한계점'의 글귀입니다.

나를 부르는 숲

| 빌 브라이슨 |

나는 걸었다.
따뜻한 한낮이었고, 배낭 없이 걸으니
몸이 통통 튀는 것 같고 한결 가벼워, 정말
당사자가 아니면 마를 수 없을 만큼 기분이 좋았다.
터벅터벅 걷는 것이다. 그게 할 수 있는 전부다.
배낭이 없으면, 해방이다. 똑바로 서서
걸을 수도 있고 주위를 둘러볼 수도 있다.
튀어오른다. 활보한다. 만면한다.

_____

2013년 4월 11일 아침편지 '나는 걸었다'의 글귀입니다.

찾습니다

| 정채봉 |

우선 특징을 말씀드리겠습니다.

산을 산이라 하고 물을 물이라 합니다.
몸을 옷으로 감추지도 드러내 보이려 하지도 않습니다.
물음표도 많고 느낌표도 많습니다.
곧잘 시선이 머뭅니다.
마른 풀잎 하나가 기우는 소리에도 귀를 기울이고
옹달샘에 번지는 메아리결 한 금도 헛보지 않습니다.
아침에 일어날 때마다 오늘은 무슨 좋은 일이 있을까
그 기내로 가슴이 늘 두근거립니다.

이것을 지나온 세월 속에서 잃었습니다.
찾아주시는 분은 제 행복의 은인으로 모시겠습니다.
그것이 무엇이냐고요? 흔히 이렇게들 부릅니다.
'동심'

2013년 1월 26일 아침편지 '찾습니다'의 글귀입니다.

답 없는 너에게

|손봉호, 옥명호|

나무나 풀을 좋아하는 나는
잠이 안 오거나 마음이 심란할 때
나무를 생각한다. 우리 집 마당과 뒤란에 있는
싱싱한 나무를 떠올리곤 하지. 어떻게 하면
화초를 더 예쁘게 가꾸고 기를지 궁리하는
것이다. 그러면 서절로 행복해진다.
삶이 즐거워진다.

2015년 9월 18일 아침편지 '나의 나무, 내 영혼의 나무'의 글귀입니다.

곰탕에 꽃 한 송이

| 함영 |

매일 밥을 먹는다.

그리고 매일 사람들을 만난다.

입맛이 있든 없든 때가 되면 밥을 먹고,

원하든 원하지 않든 만날 사람들을 만나는 것,

이보다 극히 당연하고 평범한 일도 없을 것이다.

그러기에 그것은 전혀 특별하지도 중요하지도 않은,

그저 '일상'이었다. 그런데 문득 돌아보니 그토록

평범한 일상이 여간 비범한 게 아니었다.

인생의 쓴맛 단맛이 그 속에

늘 다 있었다.

2012년 3월 22일 아침편지 '입맛이 있든 없든…'의 글귀입니다.

《당신의 사막에도 별이 뜨기를》에 수록된 글귀의 출처

DNDD(두식앤띨띨), 《네가 지금 외로운 것은 누군가를 사랑하기 때문이다》(2012), 쌤앤파커스

강미영, 《숨통트기》(2012), 웅진지식하우스

강예신, 《한뼘한뼘》(2014), 예담

고창영, 《뿌리 끝이 아픈 느티나무》 중 〈살면서 가끔은 울어야 한다〉(2009), 리토피아

공지영, 《높고 푸른 사다리》(2013), 한겨레출판

구로야나기 테츠코, 이와사키 치히로 그림, 김난주 역, 《창가의 토토》(2004), 프로메테우스출판사

구본형, 《미치지 못해 미칠 것 같은 젊음》(2011), 뮤진트리

권소연, 《사랑은 한 줄의 고백으로 온다》(2009), 브리즈

김기원, 《행복 모자이크》 중 〈손톱을 깎으며〉(2013), 오늘의문학사

김기태, 《무분별의 지혜》(2015), 판미동

김성리, 《꽃보다 붉은 울음》(2013), 알렙

김소연, 《시옷의 세계》(2012)-발췌 편집, 마음산책

김수영, 《당신의 사랑은 무엇입니까》(2015), 웅진지식하우스

김영미, 《두부》 중 〈나의 바깥〉(2011), 시와사상사

김유정, 《슬픔에 잠긴 약자를 위한 노트》(2013), 《즐거운 여름밤 서늘한 바람이 알려주는 것들》(2013), 자유
        정신사

김이율, 《나는 인생의 고비마다 한 뼘씩 자란다》(2013), 위스덤하우스

김재진, 《삶이 자꾸 아프다고 말할 때》 중 〈치유〉, 〈새벽에 용서를〉(2015), 꿈꾸는서재

김정묘, 《하늘 연꽃》 중 〈기도방〉(2014), 개미

김정일, 《나도 내가 궁금하다》(2013), 맥스미디어

김진우·이지연, 《빌라 오사카, 단 한 번의 계절》(2013), 프롬나드

김해영, 《당신도 언젠가는 빅폴을 만날 거야》(2014), 쌤앤파커스

김혜남, 《어른으로 산다는 것》(2011), 걷는나무

노진희, 《서른다섯까지는 연습이다》(2012), 알투스

니코스 카잔차키스, 안정효 역, 《영혼의 자서전》(2009), 열린책들

다니엘 에버렛, 윤영삼 역, 《잠들면 안 돼, 거기 뱀이 있어》(2010), 꾸리에

데이비드 호킨스, 박찬준 역, 《놓아버림》(2013), 판미동

랜디 건서, 박미경 역, 《사랑이 비틀거릴 때》(2013), 웅진지식하우스

레너드 제이콥슨, 김윤 역, 《마음은 도둑이다》(2007), 침묵의향기

레프 톨스토이, 이상원 역, 《살아갈 날들을 위한 공부》(2007), 조화로운삶

루키우스 안나이우스 세네카, 김혁 외 2명 역, 《베풂의 즐거움》(2015), 눌민

류웨이, 김경숙 역, 《죽거나, 멋지게 살거나》(2013), 엘도라도

리비 사우스웰, 강주헌 역, 《행복해도 괜찮아》(2007), 북센스

린다 리밍, 홍상표 사진, 하창수 역, 《어떤 행복》(2015), 곰출판

마리우스 세라, 고인경 역, 《가만히, 조용히 사랑한다》(2010), 푸른숲

마벨 카츠, 박인재 역, 《사랑과 평화의 길, 호오포노포노》(2013), 침묵의향기

마크 네포, 박윤정 역, 《고요함이 들려주는 것들》(2012), 흐름출판

문태준, 《느림보 마음》(2012), 마음의숲

미라 커센바움, 오영욱 그림 김진세 역, 《뜨겁게 사랑하거나 쿨하게 떠나거나》(2007), 고려원북스

미치 앨봄, 공경희 역, 《모리와 함께한 화요일》(2010), 살림출판사

박광수, 《살면서 쉬웠던 날은 단 하루도 없었다》(2015), 예담

박대령, 《관계 맺기의 심리학》(2011), 소울메이트

박범신, 《산다는 것은》(2010), 한겨레출판

박병철, 《자연스럽게》 중 〈인연〉(2013), 우드앤북

박승숙, 《마음 똑똑》(2014), 인물과사상

박재규, 《내 삶의 힌트》(2015), 청림

박철, 《영진설비 돈 갖다 주기》(2013)-발췌 편집, 지식을만드는지식

방우달, 《나는 아침마다 다림질된다》(2002), 리토피아; 《쬐끔만 더 우아하게》(2011), 여름

배귀선, 《회색도시》 중 〈차를 끓입니다〉(2014); 《마중물 다섯》 중 〈안부〉(2015), 엠아이지

배르벨 바르데츠키, 두행숙 역, 《너는 나에게 상처를 줄 수 없다 1》(2013), 걷는나무

백정미, 《너도 많이 힘들구나》(2013), 책비

법정, 《아름다운 마무리》(2008), 문학의숲, 맑고 향기롭게

변상욱, 《우리 이렇게 살자》(2014), 레드우드

블라지미르 메그레, 한병석 역, 《아나스타시아》(2007), 한글샘

빌 브라이슨, 홍은택 역, 《나를 부르는 숲》(2008), 동아일보사

생텍쥐페리, 송혜연 역, 《우리가 사랑해야 하는 이유》 중 〈아리스로의 비행〉(2015), 생각속의집

샬롯 리드, 최고은 역, 《우주는 네가 시작하기만 기다리고 있어》(2015), 샨티

서경애, 《그대 나의 중심이어》 중 〈사무치다〉(2015), 해드림출판사

서영은, 《노란 화살표 방향으로 걸었다》(2013), 시냇가에심은나무

성수선, 《나의 일상에 너의 일상을 더해》(2015), 알투스

서먼 알렉시, 엘런 포니 그림, 김선희 역,《켄터키 후라이드 껍데기》(2012)-230쪽 발췌, 다른

손봉호 · 옥명호,《답 없는 너에게》(2015), 홍성사

송정림,《명작에게 길을 묻다》(2012), 책읽는수요일; 박경연 그림,《참 좋은 당신을 만났습니다 3》(2014), 나
　　　무생각

수잔 존슨, 박성덕 외 1명 역,《우리는 사랑에 대해 얼마나 알고 있을까》(2015), 지식너머

시바타 도요, 채숙향 역,《약해지지 마》중〈약해지지 마〉(2010), 지식여행

신영길,《초원의 바람을 가르다》(2008), 나무생각

신혜진,《퐁퐁 달리아》(2012), 은행나무

아남 툽텐, 임희근 역,《티베트 스님의 노 프라블럼》(2012), 문학의숲

아킬 모저, 배인섭 역,《당신에게는 사막이 필요하다》(2013), 더숲

안은영,《참 쉬운 시》중〈가끔은〉(2015), 해드림출판사

앙투안 콩파뇽, 장소미 역,《인생의 맛》(2014), 책세상

앤 라모트, 한유주 역,《나쁜 날들에 필요한 말들》(2015), 웅진지식하우스

앨런 패들링, 최요한 역,《느긋한 제자》(2015), 국제제자훈련원

양숙,《하늘에 썼어요》중〈당신 가슴에〉(2011), 우리글

양정훈,《그리움은 모두 북유럽에서 왔다》(2013), 부즈펌

에이미 해리스 · 토머스 해리스, 신유나 역,《완전한 자기긍정 타인긍정》(2014), 옐로스톤

엠마 마젠타, 김경주 역,《분홍주의보》(2010), 써네스트

여태전,《꿈이 하나 있습니다》중〈새날〉(2014), 여름언덕

오선화,《야매상담》(2015), 홍성사

유영만 · 고두현,《곡선이 이긴다》(2011), 리더스북

윤보영,《윤보영의 시가 있는 마을》중〈그리움〉(2014), 와이비

윤선민, 김홍 그림,《당신만 바라보며 천천히 걷는다》(2014), 북스코프

윤수정,《크리에이티브 테라피》(2011), 흐름출판

이록,《사랑이 가까워지면 이별이 가까워진다》(2013), 스마트비즈니스

이생진,《산에 오는 이유》(1992), 평단문화사

이철환,《못난이 만두 이야기》(2006), 가이드포스트

이하람,《떠난 뒤에 오는 것들》(2012), 상상출판

이해인,《서로 사랑하면 언제라도 봄》중〈꽃이름 외우듯이〉(2015)-발췌 편집, 열림원

장광자,《춤을 추면서》(2013), 헥사곤

정말지,《바보 마음》(2014), 쌤앤파커스

정지아, 지영희 편, 《사월의 편지》 중 〈어느 날〉(2015), 서해문집

정혜신·이명수, 전용성 그림, 《홀가분》(2011), 해냄

제임스 레드필드, 주혜경 역, 《천상의 예언》(2013), 판미동

제프 다이어, 김현우 역, 《꼼짝도 하기 싫은 사람들을 위한 요가》(2014), 웅진지식하우스

조수연, 《이미 그대는 충분하다》(2015), 궁리

조앤 래커, 김현정 역, 《왜 가까운 사이일수록 더 상처받는가》(2013), 전나무숲

조용철, 《마음풍경》(2014), 학고재

조화순, 《낮추고 사는 즐거움》(2005), 도솔

존 포웰, 강우식 역, 《내 영혼을 울린 이야기》(2004), 가톨릭출판사

줄리아 카메론, 임지호 역, 《아티스트 웨이》(2012), 경당

진수옥, 《옛사람의 향기가 나를 깨우다》(2012), 인문산책

차신재, 《시간의 물결》 중 〈작은 돌 하나〉(2010), 서울문학출판부

채현국·정운현, 《쓴맛이 사는 맛》(2015), 비아북

켈리 맥고니걸, 신애경 역, 《스트레스의 힘》(2015), 21세기 북스

쿠르트 호크, 강희진 역, 《나이 들지 않으면 알 수 없는 것들》(2008), 토네이도

크리스 프렌티스, 김지영 역, 《어떻게 흔들리지 않고 살 것인가》(2015), 판미동

틱낫한, 류시화 역, 《마음을 멈추고 다만 바라보라》(2002), 꿈꾸는돌; 오다 마유미 그림, 이창희 역, 《살아 있
    는 지금 이 순간이 기적》(2008), 마음터

파비안 직스투스 쾨르너, 배명자 역, 《저니맨》(2014), 위즈덤하우스

파울로 코엘료, 황중환 그림, 김미나 역, 《마법의 순간》(2013), 자음과모음

프레데릭 르누아르, 양영란 역, 《행복을 철학하다》(2014), 책담

한비야, 《그건, 사랑이었네》(2009), 푸른숲

한설, 전효진 그림, 《오늘, 나에게 약이 되는 말》(2014), 위즈덤하우스

한창희, 《생각 바꾸기》(2011), 신원문화사

함영, 《곰탕에 꽃한송이》(2012), 웅진뜰

허허당, 《바람에게 길을 물으니 네 멋대로 가라 한다》(2013), 예담

헤르만 헤세, 두행숙 역, 《정원에서 보내는 시간》(2013), 웅진지식하우스

헨리 데이비드 소로, 윤규상 역, 《소로우의 일기》(2003), 도솔

홍광일, 《가슴에 핀 꽃》(2007), BG북갤러리

홍영철, 《너는 가슴을 따라 살고 있는가》(2013), 북스넛